Yvette Kolb

Die Jahreszeiten
der Schlossherrin

Illustriert von Jürgen von Tomëi

Layout Imagovista GmbH Basel
Einbandgestaltung Monika Müller
Illustrationen Jürgen von Tomëi
Druck Reinhardt Druck Basel
www.münsterverlag.ch
ISBN 978-3-905896-02-2

Die Jugend wäre eine schönere Zeit, wenn sie erst später im Leben käme.

Charlie Chaplin

Yvette Kolb

Die Jahreszeiten
der Schlossherrin

Illustriert von Jürgen von Tomëi

Die Schlossherrin im Winter

Die Schlossherrin ist aufgewacht
In einer bitterkalten Nacht.
Sie friert bis über beide Ohren,
Ein kleiner Zeh ist schon erfroren.
Die Knochen klappern ziemlich laut,
Denn sie ist eine dürre Braut.

Der König denkt gar oft im Stillen:
'Sie könnte mich wahrhaftig killen –
Erstechen – mit den spitzen Rippen,
Die kantig sind wie Felsenklippen.
Und auch ihr Po,' sinniert er weiter,
'Wär nichts für einen Wellenreiter.
Auch vorne rum macht man Bekanntschaft
Mit einer öden Wüstenlandschaft.'
Ein Horror war's für den Gemahl,
Als er ihr einst die Unschuld stahl:
Er hat die Nase sich gebrochen,
So hart schlug sie auf ihre Knochen.
Nun ist die Nase nicht nur gross,
Sie ist, seit dem Zusammenstoss,
Auch gründlich schief, und stets verstopft,
Und wenn sie unentwegt auch tropft,
Dann denkt der König oft, s'wär netter,
Die Königin wär etwas fetter.
Trotzdem will er sich nicht beklagen,
Denn eines muss er ehrlich sagen:
Im Herrschen ist die dürre Bohne
An seiner Seite 'ne Kanone.
Die Leidenschaft, die fehlt im Bett,
Macht sie beim Herrschen wieder wett.
Was er besonders an ihr schätzt,
Ist, dass sie gern den Säbel wetzt
Und mit ihm rasselt in den Kriegen.
Das macht dem König viel Vergnügen,
Denn wenn sie ist am Feind erhaschen,
Kann er an fremden Früchten naschen.

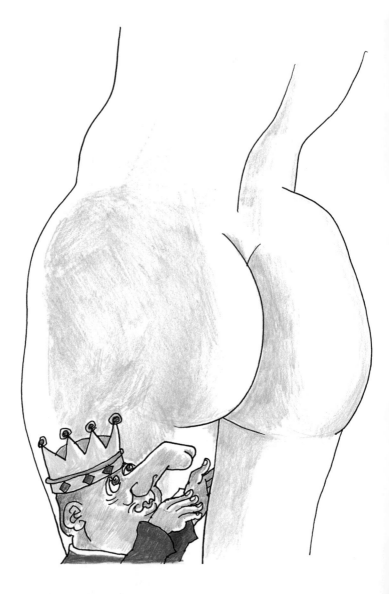

Und Früchte liebt der König heiss,
Für Früchte zahlt er jeden Preis,
Die Sorte spielt gar keine Rolle –
Ob Steinfrucht, Kernobst oder Knolle –
Er macht da keinen Unterschied,
Die Frucht ist seines Glückes Schmied!
Und wenn sie kämpft mit ihren Trossen,
Dann wird geerntet und genossen!
Dann ist der König nicht zu stoppen,
Dann kann kein Untertan ihn toppen,
Da weiss dann auch ein Bolschewist,
Wer hier im Land der König ist!

Soeben habe ich begriffen,
Ich bin ja total abgeschwiffen.
Den Faden hab' ich falsch gesponnen,
Das war ein wenig unbesonnen,
Drum fang' ich nochmals an die Ode
An diese «Winter»- Episode:

Die Schlossherrin ist aufgewacht,
In einer bitterkalten Nacht,
Sie friert bis über beide Ohren,
Ein kleiner Zeh ist schon erfroren.
Die Zähne klappern, etwas matt,
Weil sie nicht mehr sehr viele hat.
Damals, im tiefsten Mittelalter,
Da gab's noch keine Zahngestalter,
Kein Implantat und keine Brücken,
Das, was man kannte, waren Lücken.
Der Mensch, der wusste nichts vom Bohrer,
Der Zahn, der faul war, den verlor er.
Und unsere Schlossherrin, die Arme,
Weist Lücken auf, dass Gott erbarme.
Gar viele hat sie schon erschreckt,
Wenn sie den Rest der Zähne bleckt.
(Ich schätze ihre Zahl auf zwei,
Doch eventuell sind es auch drei.
Ganz hinten ist vielleicht noch einer,
Doch der zählt nicht, den sieht ja keiner.)
Unbrauchbar wär sie auch, die Dame,
Für eine Zahnpastareklame.

Dafür ist ihr – mit dem Gebiss –
Im Krieg der Sieg total gewiss.
Denn wenn die Herrin, hoch zu Pferd,
Sich nicht um ihre Lücken schert,
Und frech dem Feind entgegenlacht,
Vergeigt der sogleich jede Schlacht.
Er ruft mit Zittern: «Heil'ge Scholle,
Was ist denn das für eine Olle?
Noch eh wir mit der Wimper zucken,
Wird die uns sicherlich verschlucken!
Oh flieht, ihr Krieger und Gesandten,
Bevor wir in dem Rachen landen!

Oh flieht, oh flieht um euer Leben,
Zu unserem König, dem von Theben!»
Sie eilen rasend schnell von dannen –
Nie rannten schneller solche Mannen!
Sie rannten, rannten, rannten, rannten
Zu Onkeln, Tanten und Verwandten,
Sie wurden in den Arm geschlossen,
Verängstigt, doch nicht angeschossen,
Gesund – es gab ja kein Gefecht!
Der Herrin Zahnschwund nur war schlecht.
Und so – noch eh der Krieg begonnen,
Hat ihn die Herrin schon gewonnen!
Und ihre Untertanen schwingen
Die Siegesfahnen und sie singen:
«Weil deine Zähne früh entschwanden,
Woll'n wir dich schmücken mit Girlanden,
Denn uns ist jeder Sieg gewiss,
Gelobt, sei Herrin, dein Gebiss!»
Es freut sich Adel, Volk und Bauer,
Jedoch der König ist stinksauer.
Denn kommt die Frau zu schnell zurück,
Dient das bestimmt nicht seinem Glück,
Die Frucht, die sorgsam er gewählt,
Die war noch nicht mal ganz geschält,
Da war sie auch schon wieder da,
Mit Heissassa und Trallalla,
Mit Trommelwirbel, Paukenschlag,
Was unser König gar nicht mag.
Er hätt' die Schlachten lieber strenger,
Vor allem aber: lieber länger.

Doch nun zurück, zu jener Nacht,
Wo sie vor Kälte aufgewacht.
Sie tastet über's Ehebett,
Doch das ist leer, und zwar komplett.
Der Gatte fehlt auf der Matratze,
Der Kerl ist nicht an seinem Platze.
Sie klingelt nach der dicken Zofe,
Doch die kommt nicht, das ist das Doofe,
Das lässt die Herrin Schlimmes ahnen,
Ein Kreuz ist's mit den Untertanen!
Vor allem mit den drallen, runden ,
Sie weiss, wie die dem König munden,
Sie weiss, der König steht auf steile,
Voluminöse Hinterteile.
Auch weiss sie, was ihr längst schon wisst:
Wie karg die eigene Landschaft ist!
Die Schlossherrin wird nun sehr böse,
Vor lauter Wut knurrt ihr Gekröse.
«Na, warte nur, bis ich dich finde,
Dich und dein lott'riges Gesinde!»
Und nun erhebt sie sich vom Lager,
So klein, so schmal, und ach, so mager!

Sie eilt in allergrösster Hast,
Durch den stockdunklen Eispalast.
(Nicht mal der listigste Verräter,
Weiss was von Strom, der kam viel später.)
Nun läuft sie raus, im Negligée,
Durch Eis und Schnee, der Zeh tut weh!

Sie ahnt, wo sie den König findet.
Zum Pferdestall sie darum sprintet.
Dort sind bestimmt die Ungetreuen
Im weichen Heu nicht nur beim Heuen!
Die Stalltür öffnet sich mit Knarren,
Die Herrin hört die Pferde scharren,
Doch das, was schnaubt, das ist kein Ross,
Es ist die Zofe mit dem Boss.
Die Herrin sieht nun auch im Dunkeln,
Zwei Riesenhinterbacken schunkeln.
Vom König selbst, muss sie gestehen,
Ist allerdings nicht viel zu sehen,
Ganz oben nur der schiefe Zinken,
Ganz unten die gestrickten Finken.

29

Der Schimmel wiehert vor Vergnügen,
Doch darf man ihn dafür nicht rügen.
Der Anblick ist auch zu bizarr,
Die Schlossherrin steht steif und starr.
Sie möchte schimpfen, fluchen, klagen,
Doch hat's die Sprache ihr verschlagen!
Noch nie im Leben – Donnerkeil!
Sah sie ein solches Hinterteil!

Der König, dort im Unterhalt,
Keucht unter der Naturgewalt.
'Wenn er erstickt, geschieht's ihm recht,'
Denkt seine Frau. Dann wird ihr schlecht.

Die Eifersucht auf diesen Po,
Die lodert in ihr lichterloh.
Denn sie erkennt: die wahre Macht,
Liegt nicht in der gewonnenen Schlacht,
Auch nicht in einem Kronezacken,
Sie liegt in solchen Hinterbacken!
Damit kann alles man besiegen,
In Friedenszeiten wie in Kriegen.
Ach, die Erkenntnis trifft mit Wucht,
Und schnell ergreift sie nun die Flucht.
Sie eilt zurück, durch Eis und Schnee,
Im Negligée, der Zeh tut weh.

Doch merkt sie nichts von diesen Schmerzen,
Ein Aufruhr tobt in ihrem Herzen.
Die Welt ist ungerecht, bei Gott:
Die Zofe rund und prall und flott,
Die Herrin struppig wie ein Besen,
Und erst noch ohne Zahnprothesen.
Die Schlossherrin kämpft mit den Tränen,
Die Tragik liegt in ihren Zähnen!
Denn könnt' die Ärmste besser beissen,
Dann hätt' sie Hügel anstatt Schneisen.
Was wäre sie doch für ein Renner!
Betören könnte sie die Männer
Als Königin mit ihrer Macht,
Als Frau mit ihres Körpers Pracht!
Der König selbst, der scharfe Hase,
Der hätte keine schiefe Nase,
Und so wär dieses Ungeheuer,
Vielleicht sogar ein bisschen treuer.
Die Herrin, wieder im Palast,
Fühlt, dass sie einfach alle hasst:
Die Dicken, Dünnen, Runden, Platten,
Vor allem aber ihren Gatten!
Im Frühling, wenn die Bäume spriessen
Wird sie ihn eventuell erschiessen!
Jetzt würde sie daneben zielen,
Denn an den Händen hat sie Schwielen
Vor lauter Kälte, und sie zittert.
Die Schlossherrin kriecht ganz verbittert
Ins eisigkalte Ehebett,
Geräuschvoll klappert ihr Skelett.

Sie musste, bis die Bäume blühten
Wahrhaftig dann das Bett noch hüten,
Als Folge von dem Spionieren,
Entzündeten sich ihre Nieren.
Und weil ihr nichts mehr mundete,
Bis wieder sie gesundete,
Da wurde sie, das ist ja klar,
Noch flacher, als sie eh schon war.
Nach dieser Krankheit wär' das Frauchen
Als Bügelbrett gut zu gebrauchen!

Die Schlossherrin im Frühling

Die Schlossherrin ist aufgewacht,
In einer lauen Frühlingsnacht.
Das Osterfest ist längst vorbei,
Man feiert Pfingsten – einerlei:
Die Herrin fühlt sich gross und stark,
Sie liebt bis tief ins Knochenmark!

Der neue Stallknecht ist ihr Held.
Der König hat ihn eingestellt
Nachdem der alte – sehr infam
Und wirklich schlimm zu Tode kam.
Er füllte grad den Trog mit Haber,
Als ohne Vorwarnung der Traber,
Auf einmal sich in Panik bäumte,
Der Schaum vor seinem Maule schäumte!
(Ein Mäuschen ist durch's Stroh geflitzt,
Das hat den Traber so erhitzt!)
Der Stallknecht eilte zu dem Pferd,
Das war natürlich ganz verkehrt
Und von dem Burschen auch nicht klug,
Der schwarze Traber nämlich schlug
Genau dorthin, mit seinem Huf,
Wo Gott die Männlichkeit erschuf.
Der Stallknecht jaulte auf vor Schmerz,
Doch keinen kümmert's, keinen schert's.
Er war ja ganz allein im Stall.
Danach kam's zu dem bösen Fall
Der ihm das junge Leben raubte,
Er fiel auf eine angestaubte,
Doch leider scharfe Schaufelkante,
Und der nun leider schon Entmannte
Brach sich jetzt auch noch das Genick,
Für ihn kein schöner Augenblick,
Weil dieser nämlich nachweisbar
Sein aller- allerletzter war.
Man trug ihn feierlich zu Grabe,
Und dann kam Ferdinand, der Schwabe!

Die Schlossherrin – oh Hosianna –
Sah niemals einen schöneren Mann. Ja,
Der Ferdinand, der neue Knecht,
Wird nicht den Pferden nur gerecht.
Schon jetzt versetzt der Mann – oh Jubel –
Der Herrin Herz in höchsten Trubel.
Sie wird die Liebe kennenlernen!
Es steht geschrieben in den Sternen:
Mit Ferdinand, dem Maskulinen,
Wird bald der Sinneslust sie dienen.
Das ist doch endlich mal ein Mann,
Mit dem ein Weib was machen kann,
Ja, so ein Kerl dort in der Stallung,
Bringt jedes Weibes Blut in Wallung!

Doch nun zurück zu jener Nacht,
In der die Herrin aufgewacht,
Sogleich ist sie mit den Gedanken,
Bei Ferdinand, dem ranken, schlanken
Stallburschen mit dem Waschbrettbauch,
Das Schönste ist: er liebt sie auch!
Er lechzt nach ihr – sie hat's begriffen!
Er hat ein Auge zugekniffen
Als er sie angesehen hat,
Der grosse, starke Nimmersatt!

Oh ja, er hat ihr zugeblinzelt,
Der Mann, so schön als wie gepinselt
Von einem hochbegabten Maler!
Man sieht: der Herrin Herz, das stahl er,
Sein Zwinkern sagt ihr deutlich eines:
Dich will ich haben, Süsses, Kleines!
Oh ja, der Kerl, der Prächtige,
Will sie, die Kleine, Schmächtige!
Im Stall wird er sich auf sie stürzen,
Ihr Leben mit Erotik würzen
Mit Leidenschaft und Sinneslust.
(Sie hat damals noch nicht gewusst,
Was sie dann später so gegrämt:
Sein Augendeckel war gelähmt!
Das Augenzwinkern galt nicht ihr,
Es war nichts als ein Souvenir
Von einer wilden Schlägerei,
Mit – ach! – der Sittenpolizei!)

Nun also, in der Frühlingsnacht,
In der die Herrin aufgewacht,
Dreht sie sich um nach ihrem Gatten,
Doch der ist weg, nicht mal ein Schatten
Von ihm ist irgendwo geblieben,
Weil wieder ihn die Triebe trieben,
Zur Zofe mit den blonden Zöpfen,
Und den zwei dicken Hinterpfröpfen.
Als sie im Winter ihn erwischte
Wie er sich grad mit ihr vermischte –
Der Zofe mit den grossen Backen –
Da wollte sie ihn glatt zerhacken,
Ihn köpfen oder sonstwie quälen,
Gewisse Körperteile schälen!
Doch kam die Herrin nicht dazu,
Bald drückte selber sie der Schuh,
Sie wurde krank, und somit hatte
Ein ungeahntes Glück der Gatte.
Die Herrin hörte auf zu zänkeln,
Zu sehr war sie nun selbst am Kränkeln.
Sie glaubte schon, mit Missvergnügen,
Sie läge in den letzten Zügen.
Sie müsse demnächst schon verreisen,
Um allzu früh ins Gras zu beissen.
Doch davor fürchtet sie sich sehr –
Sie hat ja keine Zähne mehr.
Müsst' sie dort unterm Boden lungern,
Würd' sie wahrscheinlich glatt verhungern!
Sie flehte: «Herr im Himmel oben,
Befreie mich von den Mikroben,

Dann werd' ich auch die Körperzonen
Von meinem Ehemann verschonen.
Er soll von mir aus in den Nächten,
Der dicken Zofe Zöpfe flechten,
Erklettern ihre prallen Fässer,
Hauptsache, mir geht's wieder besser!»
Darauf sank ziemlich schnell das Fieber,
Der Liebe Gott ist halt ein Lieber.
Ja, sie genas, und ausserdem:
Oh Freude, Freude, carpe diem!
Vor ihr stand plötzlich Ferdinand,
Der Stallknecht aus dem Schwabenland!

Doch nun zurück zu jener Nacht
An Pfingsten, als sie aufgewacht.
Der Gatte ist schon längst verduftet,
Sie kann sich denken, wie er schuftet
Um unter all den dicken Zöpfen,
Mit seiner Nase Luft zu schöpfen,
Der Nase, die eh schief geklopft ist,
Und demzufolge oft verstopft ist.
Doch all das geht sie nichts mehr an,
Sie liebt jetzt einen anderen Mann.

So hastet sie auf flinken Sohlen,
Als liefe sie auf heissen Kohlen,
Zum Stall – doch nein, es ist kein Pferd,
Nach dem die Herrin sich verzehrt!
Es ist der Stallknecht Ferdinand,
Für den der Herrin Herz entbrannt,

(Ja, liebte sie ein bisschen mehr,
Dann müsste her die Feuerwehr.)
Oh, Ferdinand, ich komme schon,
Du herrlich-schöner Schwaben-Sohn!
Hei, wie sie durch die Festung fliegt,
Und überall die Kurve kriegt!

Den Schlosspark hat sie nun erreicht,
Und was sie sieht, erstaunt sie leicht:
Die dralle Zofe mit den Zöpfen,
Ist dort beim Teich am Wasserschöpfen.
Doch weit und breit kein scharfer Hase,
Kein König, keine schiefe Nase.
Warum bloss ist die Magd allein?
Wo mag der Zofenjäger sein?
Na ja,vielleicht spielt er Verstecken
Und kauert hinter Rosenhecken?
Zersticht an Dornen sich die Daumen!
Die Herrin grinst auf ihrem Gaumen.
Vielleicht ist er auch auf der Jagd
Bereits nach einer neuen Magd?
Es kümmert sie nicht im geringsten,
Sie liebt! Oh schöne, schöne Pfingsten!
Nun ist sie angelangt beim Stall,
In ihr braust ein Trompetenschwall!
Er wartet sicher schon in Nacktheit,
In seiner herrlichen Kompaktheit,
Ja, diesen muskulösen Leib,
Schuf Gott nur für ein Vollblutweib!
Er wird sie lieben, lieben, lieben,
Bis früh am Morgen um halb sieben,
Dann geht's erstmal ans Pferde füttern.
Sie aber wird nichts mehr erschüttern,
Denn eine Liebe, die so heftig,
Die macht sie stark und äusserst kräftig.

Oh, wie sie sich nach Ferdi sehnt!
Die Stalltür ist nur angelehnt,
Sie öffnet sie mit leisem Knarren,
Sie hört die Pferde nicht nur scharren,
Sie hört den Schimmel und den Rappen,
Ganz deutlich auch nach Luft noch schnappen,
Sie sieht, wie sie die Zähne blecken,
Und dann erstarrt auch sie vor Schrecken,

Denn das, was schnaubt, das ist kein Ross,
Es ist der Ferdi mit dem Boss!
Die Schlossherrin wird blass und spitz
Und fällt in Ohnmacht, Donnerblitz!
Das ist für sie nun echt zuviel,
Was die da tun hat doch kein' Stil!

Und auch die Pferde sind erregt,
Hier hat sich vieles schon bewegt,
Doch das, was heut' geschieht im Heu,
Ist selbst für diese Rösser neu.
Sogar der sonst schweigsame Traber,
Schnaubt leise: «Aber, aber, aber!»

Die Herrin jedoch liegt bewusstlos
Und demzufolge völlig lustlos,
Ganz in der Nähe von den beiden,
Die's hemmungslos und sehr wild treiben.
Sie sind derart mit sich beschäftigt,
Sie merken nicht, dass sie entkräftigt
Am Boden liegt und Hilfe bräuchte,
Es ist halt keiner eine Leuchte!

Am nächsten Tag erst, als der Gatte
Den Ferdinand verlassen hatte,
Hat der die Herrin dann gefunden,
An Leib und Seele hart geschunden,
Und immer noch in tiefem Koma.
Sie ähnelt ihrer eig'nen Oma,
So bleich und ohne ein Gebiss.
Der Ferdinand kriegt richtig Schiss.
Er sagt zu sich: «Ja, heilig's Blechle,
Die Herrin kann ja kaum no hechle!
Was macht die denn bei moine Pferdle?
I schlepp sie erscht mal raus ins Gärtle.
Dort wird sie dann scho oiner finde,
I selber aber due verschwinde!
Wenn die uns gseh' hat, mei o mei,
Kommt wieder d'Sittenpolizei!»

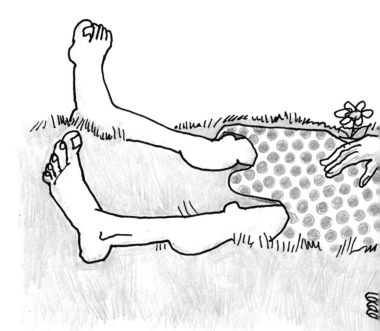

Er legt sie draussen dann ins Grase,
Und dort hat sie der scharfe Hase
Am späten Nachmittag gefunden.
Der Stallknecht aber blieb verschwunden.
Die Herrin selbst lag dann darnieder,
Denn ihre Nieren streikten wieder.
Sie lag zu lange in der Matte,
Die etwas ziemlich Feuchtes hatte.
Und diesmal wär's ihr lieb gewesen,
Sie würde nimmermehr genesen.
Sie möcht' im Schlossteich untertauchen,
Sie möcht' wie Pfeifenrauch verrauchen,
Sie möchte gern bestattet werden,
Sie schämt sich so vor ihren Pferden!
Doch – weil sie hart ist wie Granit,
Ist sie im Sommer wieder fit!

Die Schlossherrin im Sommer

Die Schlossherrin ist aufgewacht
In einer heissen Sommernacht.
Die Hitze kriecht durch alle Ritzen,
Die Herrin ist extrem am Schwitzen.
Das Nachthemd ist aristokratisch,
Und deshalb ziemlich problematisch.
Nach oben bis zum Kinn geschlossen,
Nach unten reichts bis auf die Flossen.

Gefertigt ist's aus dickem Stoff,
Dem König machte das viel Zoff,
Denn bis er unter'm Nachtgewand,
Die Frau Gemahlin endlich fand,
War seine Lust und sein Verlangen,
Durch all das Suchen längst vergangen,
Auch blieb er in den Stoffen hangen,
Das störte sehr sein Unterfangen.
Und als er dann, vor langer Zeit –
Dank seinem unerhörten Schneid –
Die Hindernisse überwand,
Und seine Frau trotz allem fand,
Da gab es keinen Grund zur Freude,
Zu wenig Fleisch war an der Beute.
Ganz hemmungslos und sehr verwegen,
Wölbt sie den Brustkorb ihm entgegen,
Doch weil er grad in der Sekunde,
Die Lippen nähert ihrem Munde –
Wahrscheinlich möchte er sie küssen
So ganz genau kann man's nicht wissen –
Auf jeden Fall sei's nicht verhehlt:
Der König hat sein Ziel verfehlt.
Er stösst mit den gespitzten Lippen,
Direkt in ihre harten Rippen,
Doch seine Nase obendrüber,
Verträgt nicht diesen starken Stüber,
Es knirscht, das Nasenbein zersplittert,
Der Herr Gemahl vor Schmerz erzittert,
Die Frau Gemahlin schätzt das sehr,
Sie glaubt, er zittert vor Begehr.

Doch als er dann vom Brustkorb rugelt,
Und sich vor Schmerz am Boden kugelt,
Da ist die Herrin sehr gekränkt:
Sie hat ihm ihren Leib geschenkt
Und anstatt ihr dafür zu danken,
Spielt dieser Idiot den Kranken!
Sie hat sich ihm ab da verweigert,
So hat sie sich in Wut gesteigert!
Er hat sie dafür nicht gerügt,
Das eine Mal hat ihm genügt!
Er zahlte einen hohen Preis
Für diese Pleite, denn er weiss:
Der schöne Schlossherr Ottokar,
Ist nicht mehr das, was er mal war,
Es pfeift kein Huhn nach einem Hahn
Mit einem schiefen Riechorgan.

Doch nun zurück zur Sommernacht,
In der die Herrin aufgewacht.
Das schwere Nachthemd klebt am Bauch
Und um die Schenkel klebt es auch.
Das ist wahrhaftig gar nichts Feines,
Und drum entledigt sie sich seines.
Nun liegt sie nackt auf ihrem Laken,
Sie wird gemieden von den Schnaken,
Bei denen hat sich rumgesprochen:
Man stösst beim Saugen nur auf Knochen,
Der Rüssel läuft Gefahr, zu brechen!
Und drum verzichten sie auf's Stechen.
Die Herrin also nun liegt da,
Und keine Mücke kommt ihr nah.

Auch ihre Diener sind weit weg,
Sie bleiben lieber im Versteck.
Denn zeigt die Herrin sich ganz nackig,
Flieht jeder Diener, und zwar zackig!
Denn mancher musste schon von ihnen
Ihr nicht im Speisesaal nur dienen.
Besonders seit dem Sündenfall
Des Ferdinand's im Pferdestall,
Geht sie mit jedem mal zur Sache.
Wahrscheinlich frönt sie so der Rache!
Doch jeder Diener, jeder Sklave,
Wünscht sich n'e etwas mildere Strafe.
Der Herrin Rohbau ist so hart,
Man kommt da wirklich nicht in Fahrt.
Nein, keiner, den sie sich genommen,
Ist unversehrt davongekommen

Man hört von blauen Hämatomen,
Und and'ren, typischen Symptomen:
Von Muskeln, die seitdem verbraucht sind,
Und Gliedern, die seitdem verstaucht sind.
Von angeknacksten Schlüsselbeinen,
Gar Kerlen, die ins Leinen weinen!
Die meisten gingen gern in Rente,
Besonders, wenn die wilde Ente
Alleine ist, wie jetzt, im Sommer.

Der Gatte nämlich, ist kein Frommer –
Seit der Affaire Ferdinand,
Ist das bekannt im ganzen Land –
Und nun ist er, zum Übersommern,
Im Jagdschlösslein im Wald zu Pommern.
Er ist – nachdem sie heftig stritten –
Mit ihrem Koch dorthin geritten.
Der Koch – ja, ist das denn zu glauben?
Man hört die Herrin wütend schnauben
Und stampfen mit den kleinen Füsschen,
Denn ohne Koch kriegt sie kein Müschen!
Das Müschen, das sie zwar nicht rundet,
Ihr aber ausgezeichnet mundet.
Es ist an Vitaminen reich
Und nahrhaft ausserdem und weich.
Sie kann's zerdrücken mit dem Gaumen –
Am liebsten mag sie es mit Pflaumen –
Die kriegt sie allerdings nur selten,
Da hilft auch nicht ihr lautes Schelten,
Ihr Toben, Schimpfen oder Keifen,
Weil Pflaumen halt im Herbst nur reifen.
Nun also liegt der Koch samt Gatte,
In Pommern in der grünen Matte.
Er wird die Herrin nicht mehr locken
Mit eingeweichten Haferflocken.
Viel eher lockt der Gatte ihn,
Den Koch, mit süssen Melodien
Die er auf seiner Flöte spielt,
Und dabei nicht zum Kochherd schielt!

Womit soll sie sich jetzt ernähren?
Kann ihr das einer bloss erklären?
Das Müschen selber zubereiten?
Zu dieser Tat darf sie nicht schreiten.
Was wäre das denn für ein Bild:
Die Königin mit Schwert und Schild,
Steht in der Küche, rührt im Topf,
Mit ihrer Krone auf dem Kopf!
Das wäre wirklich pflaumenweich,
Sie sähe einem Witzblatt gleich!
Die Herrin wird jetzt richtig mürbe,
Sie wünschte sich, der Gatte stürbe.
Den Stallknecht hat er ihr gestohlen,
Und jetzt auch noch, ganz unverhohlen –
Dank einer neuerlichen Paarung –
Den Koch, und damit ihre Nahrung.
Sie wird sie in die Jauche tunken,
Wenn sie zurück sind, die Halunken,
Die sicherlich im Schloss zu Pommern
Nicht nur geruhsam übersommern.

Doch nun zurück, zu jener Nacht
Als sie so schwitzend aufgewacht,
Dass sie vom Nachthemd sich erlöst,
Und nun so daliegt, ganz entblösst,
Und ihre Dienerschaft vermisst:
'Ist jeder hier ein Bolschewist?
Verdammt, da dürften diese Sklaven,
Freiwillig mit der Herrin schlafen,
Und wollen nicht, ja, gibt's denn sowas?'
Denkt sie und ist zumindest froh, dass
Der Gatte in der Ferne weilt.
Die Wunden sind noch nicht verheilt,
Die ihr der Schuft geschlagen hat,
Mit Ferdinand, dem Nimmersatt.

Ja, seit sie weiss, der Schürzenjäger,
Jagt ab und an auch Hosenträger,
Fühlt sie in ihrer Hühnerbrust,
Die nicht sehr kultivierte Lust,
Ihn in ein Jauchefass zu stürzen,
Die schiefe Nase ihm zu kürzen!
Ihn samt dem Schwaben zu enthaupten,
Weil sie sie ihres Glücks beraubten!
Sie war so wild auf diesen Stallknecht,
Doch das war halt in ihrem Fall schlecht,
Weil Ferdi mit dem lahmen Lid,
Das Weibliche zumeist vermied.
Er konnte ja wahrhaft nicht hoffen,
Dass unter all den dicken Stoffen
Mit denen dieses Weib bedeckt war,
Nur wenig Weiblichkeit versteckt war.
Hätt' er's geahnt, wer weiss, vielleicht
Hätt' sie sogar ihr Ziel erreicht,
Und Ferdi tät' sie lieben, lieben,
In jeder Nacht – bis um halb Sieben.

Doch nun zu jener Sommernacht,
In der sie schwitzend aufgewacht.
Da liegt sie nun, in ihrer Blösse,
In ihrer ganzen, kleinen Grösse,
Und niemand kommt, um zu bestaunen,
Wie sie so daliegt in den Daunen.
Na ja, was soll man auch begucken?
Würd' sie nicht ab und zu mal zucken,
Würd' man sie überhaupt nicht sehen!
Ein Windstoss könnte sie verwehen,
So knorrig ist sie, man glaubt fast,
Im Bett liegt bloss ein dürrer Ast.
Nach dem Krawall im Pferdestall
Und ihrem wirklich bösen Fall,
Auf das sehr harte Stallparkett,
Schmolz auch das letzte Quäntchen Fett.

(Trotz Herrschern, Sklaven, Köchen, Pferden,
Langweilig darf es niemals werden,
Drum findet, ab dem nächsten Blatt,
Ein kleiner Rythmuswechsel statt!
Am Anfang wird es etwas holpern,
Ich bitte deshalb, nicht zu stolpern.)

Also: wie ein dürres Ästchen,
Liegt sie nun in ihrem Nestchen,
Und hätt' sie noch ein paar Zähnchen,
Gäb's vielleicht nicht diese Tränchen,
Die jetzt ihre Bäckchen nässen,
Denn dann könnt' sie viel mehr essen
Und hätt' an bestimmten Stellchen,
Dann zwei kugelrunde Bällchen,
Und zwei hübsche Knospenröschen,
Statt zwei Schrumpelapriköschen.
Und das schöne Ferdinändchen,
Nähme sicher seine Händchen,
Und würd' mit den hübschen, tollen,
Runden Bällchen spielen wollen.
Doch der Ferdi ist ein Dummer,
Macht der Herrin solchen Kummer!
Denn er spielt zwar gern im Stall,
Aber nicht mit einem Ball.
Hier nun möchte ich verbriefen:
Laut hört man die Herrin schniefen!
Zornig ist sie auf die Männer:
«Sind ja alles eh nur Penner,
Wartet nur, bis ich mich räche!»
Zischt sie in dem Selbstgespräche.

«Na, dann könnt' ihr was erleben!»
Ihre Apriköschen beben,
Und sie schluckt die Zornestränen,
Wütend knirscht sie mit den Zähnen,
Was in ihrem Fall nicht störbar,
Weil kein kleines bisschen hörbar.
Plötzlich dann, aus heit'rem Himmel
Muss sie denken an den Schimmel,
Ihre herrlich schöne Stute,
Ja, die Stute ist das Gute!
Ach, die edle Aphrodite,
Zählt zur pferdischen Elite.
Eine Pracht sind ihre Mähne
Und die bräunlichgelben Zähne.
Doch das Schönste, wie ich meine,
Sind der Stute Hinterbeine,
Die muss man besonders loben,
Denn sie enden erst ganz oben.
Ja, die treue, schöne Stute
Ist das einzig wirklich Gute
Was die Herrin hat im Leben.
Ihre Apriköschen beben
Jetzt ganz wild bei dem Gedanken
An der Stute weiche Flanken,
Sie will auf den Rücken gleiten
Und dann reiten, reiten, reiten!

Auf dem Rücken Aphrodites
Dort geschieht es, dort geschieht es!
Reiten über Tal und Felsen,
Mit der Stute ganz verschmelzen
Ja, der Ritt auf ihrem Schimmel
Führt sie schnurstracks in den Himmel.
Auf dem Rücken Aphrodites,
Dort geschieht es, dort geschieht es!
Endlich wird das Glück sie wittern!
Ihre Apriköschen zittern.

Ohne Hemdchen, ohne Höschen,
Nackte Brüstchen, nacktes Schösschen,
Eilt sie durch des Schlosses Räume
Zu verwirklichen die Träume!
Schneller als ein Easy-Jet,
Fliegt sie über's Schlossparkett.
Richtung Stall, zu Aphrodite,
Zu der nächtlichen Visite.
«Aphrodite, brave, fromme,
Warte nur, ich komme, komme!
Schöne, Rassenreine, Treue,
Ach, wie ich mich freue, freue!»

Und sie fliegt gleich einem Flyer,
Durch den Schlosspark mit dem Weiher,
Sie erreicht die Tür des Stalles,
Heute kriegt sie alles, alles
Was sie stets so sehr begehrt hat,
Doch das Leben ihr verwehrt hat!
Und die Tür geht auf mit Knarren,
Und sie hört die Pferde scharren,
Und sie hört verzückt es schnauben,
Und sie kann es fast nicht glauben:
Das, was schnaubt, ist nicht der Boss,
Nein, es ist ihr treues Ross!
Aphrodite in Verzückung
Und in gänzlicher Entrückung,
Gibt sich hin dem Ackergaul,
Dem schon klapperigen Saul!

Ach, die Herrin, blind vor Wut,
Flieht den Stall. Das ist nicht gut,
Denn der tränenblinde Flyer
Stolpert in den Schlossparkweiher,
Landet dort, mit lautem Zischen,
Bei den königlichen Fischen,

Und der Karpfen und der Flunder,
Glauben an ein kleines Wunder:
Was für einen Leckerbissen,
Hat man in den Teich geschmissen!
Und der Welsen und der Rochen,
Stürzen sich auf diesen Knochen.

So ein knusprigfrischer Cracker,
Ist doch immer wieder lecker!
Und man sieht die Herrin strampeln,
Ihre Apriköschen bambeln.
Doch sie schafft es, mit viel Mühe,
Rauszuklettern aus der Brühe.
Bis ins tiefste Mark erschüttert,
Liegt sie nah beim Teich und zittert.
In den frühen Morgenstunden,
Hat der Gärtner sie gefunden.
Und die Halbbetäubte trug er –
Denn er ist ein ziemlich Kluger –
Erstmal in sein Gärtnerhäuschen,
Dort zieht er dem nassen Mäuschen
Eine Gärtnerschürze an.
Wie man sich erinnern kann,
Ist die steckendürre Bohne
Unten und auch oben ohne!
Und der Gärtner dachte bei sich –
Und da dachte er wohlweislich:
Sie ist wirklich eine Närrin,
Aber trotzdem unsere Herrin.
Nackt verliert sie ihre Würde!
Und er trägt die leichte Bürde –
Eingewickelt in die Schürze,
Ohne die geringsten Stürze –
In das Schloss, ins Schlafgemach.
Dort liegt nun die Herrin brach,
Denn beim nassen Abenteuer,
Fingen ihre Nieren Feuer.

Es durchschüttelt sie das Fieber,
Doch der Gärtner ist ein Lieber,
Seine Schürze ist sehr praktisch,
Sie ersetzt der Herrin faktisch,
Das Spitalhemd, was im Trend ist
Und bei Krankheit effizient ist.
Ausserdem schützt sie die Schürze
Dank der ziemlich kurzen Kürze,
Vor der fürchterlichen Hitze.
Ja, die Schürze, die ist Spitze.

Trotzdem wird die Herrin kränker,
Und auch immerzu noch schlänker.
Helfen konnten nicht die Ärzte,
Was die Untertanen schmerzte,
Denn man weiss, landauf, landab:
Macht die Herrin wirklich schlapp,
Ja, versagen ihre Nieren,
Wird man Kriege auch verlieren,
Denn kein andrer lacht verwegen
Zahnlos dann dem Feind entgegen
Um ihn in die Flucht zu schlagen.
Und man hört das Volk wehklagen:
«Herrin, lass uns nicht im Stich,
Herrin, ach, wir brauchen dich!»

Als man kaum noch wagt, zu hoffen,
Kommt – in Form von Ballaststoffen –
Hilfe. Ja, mit lieben Grüsschen,
Schickt der Koch ein Birchermüschen,
Denn als er beim Übersommern
In der Residenz zu Pommern
Hörte von der Herrin Plagen –
Er war grad am Dammhirschjagen –
Dachte er, nicht ohne Stolz
Dort im dichten Unterholz:
'Tja, die Schlossherrin kann eben
Ohne mich nicht überleben,
Auch der Schlossherr, halali,
Übergibt mir die Regie
Ohne kleinste Widersprüche
Und zwar nicht nur in der Küche,
Auch an grünbemoosten Stellen,
Liebt der Herr die Suppenkellen
Die niemals im Schlösschen bleiben,
Wenn im Wald das Wild wir treiben.
Ich bin eben ein Genie,
Nicht als Koch nur, halali!'
Also schickt er nun das Müschen,
Und er schreibt: «Ganz liebe Grüsschen,
Nimm das Müsli in den Mund
Herrin, und du wirst gesund.»
Und sie tat, wie ihr geheissen,
Ass das Mus, ohne zu beissen,
Und im Herbst steht unser Kleinchen,
Wieder auf den Zitter-Beinchen,
Ja, vor Schwäche muss sie humpeln –
Und die Apriköschen schrumpeln.

P.S.
Übrigens: Im Teich, die Fische,
Sitzen immer noch bei Tische,
Warten dort bis heut' vergebens,
Auf die Mahlzeit ihres Lebens!

Die Schlossherrin im Herbst

Die Schlossherrin ist aufgewacht,
Im Herbst, in einer wilden Nacht:
Ein Sturm tobt um das Schlossgemäuer,
Und in der Herrin tobt ein Feuer.
Ein Sachse hat es angefacht,
Ein Sachse! Wer hätt' das gedacht?

Ein Mann von hohem, klugem Geist,
Was schon sein Hinterkopf beweist.
Denn der will rücklings fast nicht enden,
Er würde jedem Schatten spenden,
Der Schutz sucht vor dem Sonnenlicht.
Dort blendet ihn die Sonne nicht!
Natürlich, auch bei starkem Regen,
Ist dieser Hinterkopf ein Segen,
Man stellt sich drunter und bleibt trocken
Vom Wurzelhaar bis zu den Socken.
Die Herrin ist total begeistert!
'Wie er das Gleichgewicht wohl meistert?
Er darf auf jeden Fall nicht wippen,
Sonst würde er nach hinten kippen,'
Denkt sie, und hat genau gewusst:
Vorbei ist's mit dem Liebesfrust!
Vor ihr, da steht nicht nur ein Denker,
Vor ihr steht auch ein Weisheits-Schenker,
Ein Könner und ein Alleswisser,
Die Herrin fühlt: oh ja, das isser!
Ein solch immenser Hinterkopf
Ist wie ein riesengrosser Topf,
Der überquellt mit Geistesgaben,
(Ganz anders halt als bei dem Schwaben,
Der sich in ihrem Ruhm zwar sonnte,
Doch ihr nichts weiter bieten konnte,
Als Muskeln und ein lahmes Lid.)
Wie gut ist das, was jetzt geschieht,
Ein Mann, der unter seinem Hut
Soviel Potenz trägt, tut ihr gut.

Er wird die Herrin sehr viel lehren,
Und sie danach wie wild begehren!
Denn wenn als Lehrkraft er agiert,
Und sieht, wie schnell sie doch kapiert,
Wie wach und hell ihr Geist geblieben,
Wird er sie lieben, lieben, lieben!
Er wird ihr ganz und gar verfallen,
Die Liebeswogen werden wallen!
Ein Mann mit solchem Hinterkopf –
Geformt fast wie ein Gugelhopf –
Der braucht ein Weib mit Hirnsubstanz,
Nicht körperlichem Firlefanz!
Beim Küssen stört ihn ganz gewiss
Auch nicht das fehlende Gebiss.
Wenn Intelligenz auf Weisheit trifft,
Wird solch ein Haken leicht umschifft,
Ein Mann mit solchem Intellekt,
Küsst zwar den Mund, doch indirekt
Schenkt er den Kuss mit aller Kraft,
Dem Genius Geisteswissenschaft!

Im Übrigen war der Sachse Anwalt,
Geboren einst in Sachsen-Anhalt,
Darüber reden wir dann später,
Denn jetzt erwartet sicher jeder,
Dass wir zurückgehn zu der Nacht,
In der die Herrin aufgewacht:
Sturmböen rütteln an dem Fenster,
Man könnte meinen, dass ein Gängster
Versucht, die Scheibe zu zerschmettern
Um dann ins Schloss hereinzuklettern.

Die Herrin kann das nicht beängsten,
Denn sie denkt an den allerlängsten,
Den schönsten Hinterkopf der Welt!
Was ihr am Besten dran gefällt,
Das ist der Mann, der sie betört,
Und zu dem Hinterkopf gehört.
Der Kopf, der hinten raus – nicht vorn –
Geformt ist wie das Matterhorn –
Und wie das Matterhorn so kahl ist,
Was für die Herrin genial ist.
Denn Kahlheit – sie hat's stets gewusst –
Steht, neben Geist, für Sinneslust!
Ein solcher Mann ist ein Gewinner –
(Vielleicht ein Vorfahr von Yul Brynner?)
Nun, wie auch immer, heute Nacht,
Heut' wird der Liebesakt vollbracht.
Zwei Menschen werden sich verbinden,
Zwei Menschen werden sich heut' finden
Auf höchstem, geistigem Niveau,
Es wird ihr dulce jubilo!
Es wird ihr grösstes Glück auf Erden,
Heut' Nacht im Stall bei ihren Pferden!
Ganz in der Nähe Aphrodites,
Ja, dort geschieht es, dort geschieht es!
Sie wird das Matterhorn besteigen,
Und dann hört sie die Engel geigen,
Denn auf dem allerhöchsten Gipfel,
Erhascht sie nicht nur einen Zipfel
Vom Himmel, nein, das ganze Reich
Wird ihr gehören! Und jetzt gleich
Wird's Zeit, dass ich in aller Dichte,
Von vorn' berichte die Geschichte:

Es war September, da geschah es,
Die Herrin war dabei und sah es:
Der König wollte auf die Jagd,
Mit seinem Anwalt – wie gewagt!
(Der Koch, der durfte schon seit Wochen
Nur noch der Herrin Müschen kochen.
Er durfte – seit den Sommertagen –
Im Wald den König nicht mehr jagen.
Der hatte nämlich an den Suppen,
Die der dort kochte auf den Kuppen,
Nicht mehr den leisesten Bedarf,
Der Koch, der pfefferte zu scharf!
Auch war sein Service oft zu heiss,
Und wenn der königliche Steiss
Dann tagelang wie Feuer brannte,
War's klar, dass er den Koch verbannte
Dorthin, wohin er auch gehörte,
Und wo sein Aufschlag keinen störte:
Hinter den Herd, dort kann er Hopfen
Und Milch und Haferflocken klopfen!)

Der Schlossherr aber, wie gesagt,
Will mit dem Anwalt nun zur Jagd.
Der aber wusste nichts vom Schiessen,
Der wusste nur was von Devisen.
Wenn der mal schoss, dann nur mit Strafen,
Gesetzen oder Paragraphen.
Dass nun der König trotzdem wollte,
Dass dieser mit ihm jagen sollte,
War für die Herrin aufschlussreich:
Das Moos im Wald ist ziemlich weich,
Sie werden dort, lässt sich vermuten,
Bestimmt nicht nur ins Jagdhorn tuten!
Der Herrin aber ist's egal
Was er so treibt, der Herr Gemahl,
Wofür er sein Gewehr verwendet,
Und wem die Munition er spendet!
Es kommt der Herrin gar entgegen,
Im Grunde ist's für sie ein Segen,
Denn wenn sie nicht ins Jagdhorn blasen,
Freut's auch die Rehe und die Hasen.
Kriegt er sie nicht vor seine Linsen –
Denkt sie mit schadenfrohem Grinsen –
Sind sie nicht dazu auserkoren,
Im königlichen Topf zu schmoren.
Das stimmt die Herrin sehr vergnüglich,
Weil ihre Zähne nicht verfüglich!
Den Braten riecht sie nämlich immer,
Doch gänzlich ohne Speisezimmer
Im Mund, ist er nur schwer verdaubar,
Weil er zuvor ja gar nicht kaubar!

Doch merk' ich eben, ich bediene
Schon wieder eine andere Schiene.
Zurück drum also zum September –
Es war September – you remember?

Der Morgen war noch kaum belichtet,
Mit Nebelschwaden noch beschichtet,
Das Nachtgestirn noch nicht verscheucht,
Das Moos im Wald noch klamm und feucht.
Das war die Stunde, wo der Gatte,
Ganz plötzlich Lust auf's Jagen hatte.
Schnell steigert sich die Lust zur Gier,
Die Uhr, die zeigte zwölf nach Vier,
Als er verlangte von dem Recken,
Er möge seinen Anwalt wecken,

Begleiten soll der Rechtsverdreher
Den Boss als Treiber oder Späher!
Das Wild umzingeln sei sehr schwer,
Drum müsse schnell ein Treiber her!
Die Herrin könnt's vor Lachen kringeln,
Na, wer wird hier wohl wen umzingeln?
Und wer treibt – mit dem Weidenstöckchen –
Wohl durch den Wald das Königsböckchen?

Er kann ihr weiss Gott was noch sagen,
Sie lässt sich nicht ins Bockshorn jagen!
Der Recke aber, wie befohlen,
Geht schleunigst nun den Anwalt holen.
Man hört ihn was von «Jagen» nuscheln,
Und irgendwas von «Königskuscheln».
Der Anwalt torkelt aus den Federn,
Der Morgen ist ja noch ganz ledern!
Was will Krummnase bloss so früh?
Das Aufstehn macht dem Anwalt Müh',
Doch muss dem König man gehorchen,
Drum eilt er hin, sagt: «Guten Morchen,
Bin stets zu Diensten, Eure Hoheit.»
In seinem Ton liegt keine Frohheit,
Er ist todmüde und er friert.
Der König aber kommandiert:
«Lad die Gewehre, auf der Stelle,
Wir beten erst in der Kapelle,
Dann jagen wir im Wald das Wild,
So wird mein Jagdinstinkt gestillt.
Nun los, lad' schneller als ein Pfeil
Das Schiessgewehr und: Waidmannsheil!»
Da fängt der Anwalt an zu zittern,
Er kann das Unheil jetzt schon wittern!
Er stolpert, unter leisem Jammern
Und schlotternd in die Waffenkammern,
Es ist so neblig und so kalt,
Er will ins Bett, nicht in den Wald.
Auch hörte er im Schloss schon munkeln,
Schiefnase jage gern im Dunkeln,

Doch sei das Wild, das er erlegt,
Nur selten eins, das Röcke trägt.
Noch selt'ner hätt' es lange Ohren!
Er wünscht, er wäre nie geboren!
Verzweifelt greift er ein Gewehr,
Doch dieser Griff ist folgenschwer –
Denn er weiss nichts, wir sagten's schon,
Von Waffen oder Munition –
Er zieht an einem falschen Hebel,
Es ist ein Morgen voller Nebel,
Er macht vor Angst die Augen zu,
Der erste Schuss trifft seinen Schuh,
Der zweite Schuss geht hinten raus,
Und bläst des Anwalts Ofen aus!

Die Herrin leider sah das Übel,
Weil sie gefolgt war diesem Bübel,
(Man muss stets auf die Finger schauen
Dem Personal, dass sie nichts klauen!)
So sah sie also, dicht daneben,
Des Anwalts Lebenslicht entschweben,
Dann fiel sie einmal mehr in Ohnmacht.
Für's Wild gab's aber eine Schonnacht!
Das war das Drama im September,
Die Fortsetzung folgt im November.

Das Königshaus war schlecht beraten,
So völlig ohne Advokaten.
Es musste nun ein neuer her,
Und im November, da kam er!
Der Mann, der unserm Königsmädel,
Fast den Verstand raubt, punkto Schädel.
Doch das ist nicht das einzig Tolle,
Ein Zweirad spielt auch eine Rolle.
Doch fang ich vorne an die Story,
Sonst gibt's ein Durcheinander, sorry!

Ein Anwalt musste also her,
Und im November, da kam er.
Er radelte auf einem Radel,
Verneigte sich tief vor dem Adel
Und sprach: «Ich bin der neue Anwalt,
Ich komm' direkt aus Sachsen Anhalt.»
Dann fügt er bei, nicht ohne Stolz,
«Das Zweirad ist komplett aus Holz.
Ich hab' es ganz allein gezimmert!»

Oh du mein Gott! Wie herrlich schimmert
Sein kahler, langer Hinterkopf!
(Was macht denn hier so laut: «klopfklopf»?)
Ach so, es ist der Herrin Herz,
Das fliegt laut klopfend himmelwärts!

Vor ihr steht ein so kluger Mann,
Der ausserdem noch zimmern kann!
Er schaut sie an, sie fällt fast hin,
Der Herrin schwindet fast der Sinn,
Denn sie hat alsogleich erkannt:
Auch ihn hat's völlig übermannt!
In seinem Blick steht klar geschrieben:
'Oh Weib, dich will ich lieben, lieben!
Bist du auch äusserst flachgebrüstet,
Nach deinem Geist es mich gelüstet.
Auch macht auf deinem Kopf die Krone,
Mich scharf wie eine Pfefferbohne!
Oh nein, hier wird nicht lang gefackelt!'
Sein Hinterkopf ganz leise wackelt.
Die Herrin ist vor Glück wie trunken.
Oh, Freude schöner Götterfunken!
Sie weiss, sie wird mit diesem Radler
Gen Himmel fliegen wie ein Adler!
Er greift für sie nach gold'nen Sternen,
Und sie wird für ihn Sächsisch lernen.
Doch wird man auch gemeinsam schweigen.
Er wird ihr seine Heimat zeigen.
Wenn er sie auf dem Zweirad anschnallt,
Schafft man's ganz leicht bis Sachsen-Anhalt.
Wenn's regnet braucht sie keine Mützen,
Sein langer Schädel wird sie schützen,
'Weil ich so klein bin', denkt sie munter,
'Pass ich ganz herrlich unten drunter!'
Oh ja, die Herrin ist entflammt,
Sie träumt bereits vom Standesamt!

Doch reden wir nun von der Nacht,
In der die Herrin aufgewacht:
Ein Sturm tobt draussen wie von Sinnen,
Und einer tobt tief in ihr drinnen.
Oh ja, sie ist derart entfesselt,
Dass es in ihr so richtig kesselt.
Der Gatte liegt nicht in den Kissen,
Wo er wohl ist? Sie will's nicht wissen,

Sie will zu ihm, zu ihrem Sachsen!
Als wären Flügel ihr gewachsen,
Entschwebt sie sogleich ihrem Lager,
Sie ähnelt einem kleinen Nager,
Der schnell und flink ist wie ein Wiesel.
Wenn man bedenkt: noch gibt's kein Diesel,
Trotzdem ist schnell sie wie ein Flieger,
Als hätt' im Tank sie einen Tiger!

Sie saust um Kurven und um Ecken
Auf ihren spindeldürren Stecken.
(Inzwischen könnten ihre Schienen,
Der Herrin als Zahnstocher dienen,
Doch ohne Zähne im Gesicht,
Braucht sie auch keine Stocher nicht!)
Sie eilt vorbei am Teich im Garten,
(Wo immer noch die Fische warten.)
Vorbei an Linden und an Eicheln,
Sie will den kahlen Schädel streicheln,
Sie will ihn küssen und liebkosen,
An keine Grenzen will sie stossen!
«Ich komme, Liebster, keine Bange!
Wart nur, es dauert nicht mehr lange!
Ja! Wart in deiner Mannespracht!»
Der Herbststurm donnert durch die Nacht.
Er peitscht durch Strauch und Weidenstöcke,
Nun greift er nach der Herrin Röcke,
Er bauscht sie auf und bauscht und bauscht,
Hei, wie das pfeift und zischt und rauscht!
Er packt sie und er wirbelt sie,
Er schleudert und er zwirbelt sie,
Hoch in die Luft, und immer schneller,
Muss sie sich drehn, wie ein Propeller!
Die Unterröcke blähen sich,
Wie wundern doch die Krähen sich:
«Schaut, das ist keine Vogelrasse,
Nein, das ist eine Untertasse!
Ein Ufo! Das ist ungeheuer,
Und endlich mal ein Abenteuer!»

Laut krächzend stürzt die Krähengilde
Sich auf das herrliche Gebilde.
Der ganze Schwarm, die ganze Masse
Will fliegen auf der Untertasse!
Sie krallen ihre spitzen Krallen –
Damit sie bloss nicht runterfallen –
Fest in der Herrin Unterrock.
Ist das ein toller Rabenhock!
Hei, wie das rauf und runter wippt!
Die Herrin fast in Ohnmacht kippt.
Sie zappelt und sie kreischt: «Ihr Monster,
Haut ab! Lasst mich in Ruhe, sonst er-
Schlag ich jeden eigenhändig,
Dann seid ihr tot anstatt lebendig!»
Den Krähen ist es völlig schnuppe,
Was sie da kreischt, die Barbie-Puppe.
Sie krächzen lustvoll, offenkundig
Ist dieser Spass für sie echt pfundig.
Die Herrin strampelt mit den Haxen,
Verflucht, sie will zu ihrem Sachsen!
Da plötzlich denkt sie: 'Vielleicht schaffe
Ich es mit meiner stärksten Waffe':
Sie lacht! Sie öffnet weit den Mund,
Sie präsentiert den Zähneschwund!
Jetzt aber ist der Teufel los!
Die Panik und der Schreck sind gross,
Die Vögel kreischen, und ihr Flattern
Tönt lauter als Motorenknattern!

«Dem Ufo, ach! entstieg ein Drachen,
Mit einem grossen, schwarzen Rachen,
Der uns verschlingt und Feuer speit!
Schwirrt ab! Ab in die Dunkelheit,
Sucht euch die finstersten Verstecke!»
Man sieht, wie sie die schwarzen Fräcke
In grösster Hast zusammenraffen
Und flieh'n – gleich einem Häufchen Pfaffen.
Und auch der Sturm hört auf zu rasen,
Er kann vor Schreck nicht weiter blasen,
Mit diesem fürchterlichen Drachen,
Will er kein weit'res Tänzchen machen!
Er lässt sie los, sie stürzt durch's All,
Direkt vor ihren Pferdestall!
Oh, welch ein Glück! «Hurra! Hurraaa!
Geliebter Sachse, ich bin da!
Im Stalle wirst du mich empfangen,
Im Stalle stillen mein Verlangen!»
Die Türe öffnet sich mit Knarren...
Sie hört die Pferde gar nicht scharren,
Sie hört kein Schnauben oder Stampfen,
Sie sieht drei Pferdeäpfel dampfen,
Ansonsten ist der Stall ganz leer,
Bloss in der Wand, da steckt ein Speer,
Und der durchbohrt ein Briefpapier,
Auf diesem schreibt ihr Kavalier:

«Oh Herrin, wenn Ihr das hier seht,
Hat mich der Sturm längst weggeweht.
Nicht mit dem Holzrad, Gott behüte,
Das Strampeln macht auf Dauer müde.
Bequemer ist es, Hochverehrte,
Doch auf dem Rücken Eurer Pferde.
Auch stamm' ich nicht aus Sachsen Anhalt,
Und bin kein Anwalt, bloss ein Mann halt
Der Pferde stiehlt und sie verkauft,
Und dann den Zaster schnell versauft.
Und was die Sache noch verschlimmert:
Das Holzrad ist nicht selbstgezimmert!
Oh nein, ich bin weiss Gott kein Krampfer,
Ihr wart auf einem falschen Dampfer!
Nehmt, Herrin, diesen Schlag mit Würde,
Das Leben ist nun mal n'e Bürde,
Das Leben ist, oh dürres Wesen,
Nichts als ein scharfer Stachelbesen!»

Die Herrin kann es fast nicht glauben,
Das wird ihr den Verstand wohl rauben!
Mit Zorn und Wut füllt sich ihr Kropf:
Ein Mann mit solchem Hinterkopf –
Geformt wie eine Aubergine –
Gehört unter die Guillotine?!
Ein Pferdedieb, ein primitiver?!
Der Herrin Haltung wird stets schiefer,
Dann kippt sie weg, wie Kreide bleich,
Doch sind die Pferdeäpfel weich,
Drum bleibt die Herrin beulenfrei.

Im Wald ertönt ein Eulenschrei,
Und auch der Sturm hat sich erholt,
Er braust erneut, er pfeift und johlt.
Doch sie hört weder Schrei noch Pfiff,
Die Ohnmacht hat sie fest im Griff.

Am Morgen kommt ein Kapuziner
Ins Schloss, mit seinem Bernhardiner.
Natürlich nicht zum Kaffeekränzchen,
Und auch nicht auf ein kleines Tänzchen,
Nein, nein, der Mönch ist nicht gesellig,
Doch ist des König's Beichte fällig!
Als nun die beiden, mühsam schnaufend,
Schwerfällig, langsam, tappsig laufend, –
(Wie Hund und Herrchen sich doch gleichen!) –
Als sie nun diesen Stall erreichen,
Erschöpft und auch ein wenig schmutzig,
Da wird der Kapuziner stutzig:
Denn in den königlichen Boxen,
Stehn keine Pferde oder Ochsen!
Der Stall ist leer, jungfräulich keusch,
Doch leis' ertönt ein Schnarchgeräusch.

Der Gottesmann mit seinem Hund,
Geht nun der Sache auf den Grund,
Er folgt dem Schnarchen, und – oh nein!
Da liegt die Herrin, ganz allein
Und sehr stark röchelnd auf der Erde,
Und weit und breit gibts keine Pferde.
Der Mönch fällt betend auf das Knie:
«Oh Herr, sag bloss, was macht denn die?
Oh Vater, woll'n wir doch nicht hoffen,
Die Schlossherrin sei stockbesoffen!
Was soll ich tun?» Er weiss nicht weiter,
Sein Bernhardiner ist gescheiter:
Er packt das schnarchende Schneewittchen
Mit seiner Schnauze am Schlafittchen,
Er schleift es über Brückenstege,
Durch Rasen und gekieste Wege,
Vorbei am Teich, wo noch die Narren –
(Die Fische) – ihrer Mahlzeit harren.
In seiner Schnauze hängt ihr Rumpf,
Als wär's ein schlecht gestopfter Strumpf.
Er schleppt ins Schloss die Königin,
Und legt sie vor den König hin,
Dann eilt zurück der Bernhardiner,
Zum Stall, wo noch der Kapuziner
Versunken ist in sein Gebet,
Weil er nicht weiss, wie's weitergeht.
Nun packt der treue Bernhardiner
Den Bruder Klaus, den Kapuziner
Bei der Kapuze, und er schleift
Sein Herrchen, welches schimpft und keift
Ins Kloster, dort gibt's Mittagessen.
Des König's Beichte ist vergessen!

Schiefnase ist es nicht ums Lachen,
Was soll er mit der Gattin machen,
Die vor ihm liegt, vor Kälte klappert,
Und von dem Köter vollgesabbert?
Soll er sie waschen oder was?
Die eigne Frau? Das macht kein Spass!
Drum ruft er nach der Dienerschaft,
Die bringt erstmal 'nen Hühnersaft,
Der wird der Herrin eingeflösst,
Und danach wird sie ganz entblösst:
Man reibt sie ein – man macht das meist
Mit Klosterfraumelissengeist,
Es heisst, das würd' den Körper wärmen,
Und täte gut auch den Gedärmen.
Danach wird sie ins Bett gepackt,
Ihr Blutdruck ist schwer abgesackt,
Die Nieren sind in Streik getreten,
Jetzt kann man nur noch für sie beten.
Und weil das alle fleissig tun,
Steckt sie bald wieder in den Schuh'n.
Am Heilig Abend geht sie raus,
Sie sieht nicht mehr sehr menschlich aus,
Sie wäre nützlich – an Silvester,
Wahrhaftig einem Streichorchester,
Sie könnte dienen – ungelogen –
Den Musikern als Geigenbogen.

Untergang

Die Herrin war nach diesem Jahr,
Nie mehr dieselbe, die sie war.
Sie wurde dünn, so wie ein Faden,
Und eines Tag's, es war beim Baden,
Stand ihre Zofe Anna Huber,
Verzweifelt vor dem Badezuber:
Sie war dabei, mit frohem Pfeifen,
Der Herrin Knochen einzuseifen.
Die Herrin mochte Seife sehr,
Sie wollte davon immer mehr,
Sie war nach Seife richtig gierig,
Doch wie man weiss, ist Seife schmierig,
Und drum entglitt der Anna Huber
Die Herrin und verschwand im Zuber!
Sie tauchte unter in der Brühe.
Die Anna gab sich schrecklich Mühe:
Man sah sie nach dem Faden fischen
Um einen Zipfel zu erwischen,
Und aus dem Wasser ihn zu retten,
Danach zu trocknen und zu plätten.
Doch kriegte sie den allzu nassen,
Zu dünnen Faden nicht zu fassen!
Schlimm war es, wie er ihr entschlüpfte,
Wie Anna um den Zuber hüpfte,
Wie sie ins trübe Wasser platschte,
Und auf die Oberfläche klatschte!
Und wie das Wasser fröhlich spritzte,
Und wie die Anna sich erhitzte,
Als noch der König nach ihr schellte,
Und dann der Hofhund lautstark bellte,

Und sie trotz allem weiterfischte,
Und doch den Faden nicht erwischte!
Ja, alles, alles war vergebens,
Es war das Ende eines Lebens:
Die Herrin hat es ausgehaucht,
Denn sie ist restlos abgetaucht,
Ertrunken in des Zubers Fluten.
Der Untertanen Seelen bluten,
Sie sind verzweifelt, fast von Sinnen,
Man wird den Krieg nicht mehr gewinnen,
Gewinnen tun nur Monarchien,
Die zahnlos in das Schlachtfeld ziehn.

Halleluja

Die Schlossherrin ist aufgewacht,
In einer schwerelosen Nacht.
Denn eine Wolke, sanft und weich
Geleitet sie ins Engelreich.
Die zarte Wolke schwebt mit ihr
Direkt bis vor die Himmelstür.

Die Türe öffnet sich mit Knarren,
Die Herrin hört ein Pferd nur scharren,
Drauf sitzt der Petrus – welch ein Mann!
Kein schönerer sah sie jemals an
Mit Augen, grün wie sattes Grase,
Eins links, eins rechts von seiner Nase.
Und auf dem Kopf der Heiligenschein –
Geschnitzt bestimmt aus Elfenbein!
Und Petrus ruft: «He, Engel Kunz!
Die Schlossherrin ist jetzt bei uns,
Zeig ihr ihr neues Königreich!»
Oh, wie klingt seine Stimme weich!
Was hat er doch für hübsche Ohren!
Die Schlossherrin hat sich verloren
In seinen Anblick ganz und gar.
Er ist für sie ein Hochaltar,

Sie möchte vor ihm knien und beten.
Doch jetzt kommt Kunz schnell angetreten.
Er nimmt die Herrin bei der Hand,
Und führt sie durch das Engelsland.
Er zeigt ihr das, er zeigt ihr dies,
Nun ja, er zeigt das Paradies.
Er stellt sie vor dem höchsten Boss,
Und Jesus, seinem einz'gen Spross.
Die heissen herzlich sie willkommen.
Die Herrin fühlt sich leicht benommen,
Sie weiss nicht recht, was hier passiert,
Sie ist es doch, die sonst regiert!
Sie muss das später richtigstellen!
Jetzt muss sie erst mit dem Gesellen –
Dem Engel Kunz – durch's Paradies,
Er zeigt ihr das und dann noch dies.
Das Paradies ist reichlich gross,
Doch allzuviel ist nicht grad los.
Die Engel sitzen so herum,
Sie schwatzen nicht, sie sind ganz stumm.
Na ja, was sollen sie erzählen?
Sie können – ausser Harfen quälen –
Genaugenommen gar nichts tun,
Nur ruhen, ruhen, ruhen, ruh'n!
Ein Leben gänzlich ohne Power,
Das macht auf Dauer manchen sauer.
So ist der Rundgang schnell zuende.
Man schnallt der Herrin noch behende
Zwei gold'ne Flügel an den Rücken.
Sie kann sich damit zwar schlecht bücken,

Doch sie kann fliegen, fliegen, fliegen!
Bald wird sie ihren Petrus kriegen!
Sie kann an gar nichts anderes denken,
Ihm wird sie ihre Liebe schenken!
Und er verspürt denselben Kick,
Sie sah's in seinem grünen Blick.
(Sie weiss noch nichts von der Gefahr:
Der Petrus hat den grünen Star!

Drum wirkt sein Blick so sommergrün,
So milde und zugleich so kühn!)
Nun fliegt sie also zu ihm hin,
Er gibt dem Engel-Dasein Sinn!
Sie fliegt, sie fliegt zur Himmelspforte,
Zu dieser schönen Männersorte!

Als sie ihn sieht, muss sie schwer schlucken,
Nein, wie die grünen Augen gucken!
Er sitzt zuoberst auf dem Pferd,
Oh, wie die Herrin ihn begehrt!
Sie stammelt: «Petrus, ich bin da!»
Und Petrus sagt: «Aha, a ja.»
Er klettert mühsam von dem Ross,
Ein etwas tapsiger Koloss.
Ob er als Liebster wirklich taugt?
Er wirkt ein wenig ausgelaugt.
Die Herrin aber haucht: «Oh du!
Oh, nimm mich doch, nur zu, nur zu!»
Was dann geschah – man weiss es nicht,
Es unterliegt der Schweigepflicht,
Und Petrus, dieser keusche Mann,
Hält sich natürlich eisern dran.
Die Schweigepflicht ist Ehrensache,
Und darum glaube ich, ich mache
Jetzt Schluss, ich ende diesen Reigen,
Denn wie gesagt: der Rest ist Schweigen.

Die Autorin

Yvette Kolb war Primaballerina. Sie tanzte fast alle grossen Rollen des klassischen Balletts. Nach ihrer Tanzkarriere besuchte sie die Schauspielschule Berlin und spielte danach in unzähligen Theaterstücken und Fernsehspielen. Jahrelang begleitete sie Ephraim Kishon als Partnerin auf seinen Lesungen. Sie führt Regie, übersetzt Theaterstücke und schreibt Songs für diverse Musicals. Ephraim Kishon war es auch, der sie zum Schreiben motivierte und der das Vorwort zu ihrem ersten Gedichtband (inzwischen vergriffen) schrieb: «Ich kam um ein Vorwort nicht mehr herum. Dafür sind Yvette Kolb's Gedichte zu gut gedichtet, ihr Scharfblick zu scharf und ihre Witze zu witzig.»

Der Zeichner

Jürgen von Tomëi wurde in Basel zum Grafiker ausgebildet. Durch Hanns Dieter Hüsch, seinen lebenslangen Freund, wurde er ermuntert, Karikaturen zu zeichnen. Seit 1967 zeichnet er Karikaturen für diverse deutsche und schweizerische Zeitungen, unter anderem 15 Jahre lang für die Frankfurter Allgemeine Zeitung. Er illustrierte Bücher für Hanns Dieter Hüsch und viele andere Autoren. Er machte unzählige Radiosendungen über Liedermacher aus aller Welt und war 20 Jahre lang Jurymitglied des Deutschen Kleinkunstpreises. Vor 12 Jahren gründete er das «Theater im kleinen Kreis», an welchem er heute noch aktiv beteiligt ist. Jürgen von Tomëi lebt in Basel als freier Karikaturist, Illustrator und Schauspieler.

Die Audio-CD

Ebenfalls im Münsterverlag erschienen ist
die vertonte Version des Buches. Herrlich
gelesen von der Autorin selbst, Yvette Kolb
und vom Zeichner Jürgen von Tomëi.
Dazu ergänzte Raphael Meyer die witzigen
Episoden wunderbar mit kleinen treffenden
Kompositionen. Ein Hörgenuss der seltenen Art.

Die Audio-Doppel-CD
«Die Jahreszeiten der Schlossherrin»
ca. 90 Minuten
Münsterverlag Basel, CH-4005 Basel
ISBN 978-3-905896-03-9

Weitere Ausgaben erhältlich
von Yvette Kolb und Jürgen von Tomëi

«**Gipfel Wipfel Hosenzipfel und andere Schmunzelgedichte**»
Traubenberg Verlag
CH-8702 Zollikon
ISBN 3-9520742-2-5

«**Fräulein Haberthür. Die Wurst und andere Schmunzelgedichte**»
Verlag Pro BUSINESS
D-13357 Berlin
ISBN 978-3-939430-75-5

«**Wiehnacht im Zolli. E Diergschicht für die Glaine und die Grosse**»
Verlag Pro BUSINESS
D-13357 Berlin
ISBN 978-3-939430-96-6

Alle Werke sind im Buchhandel oder direkt im Münsterverlag Basel erhältlich.
www.muensterverlag.ch